我的第一本
韓語40音

| 習字帖 |

Basic Hangul Learning!

　　韓文是由 14 個基本子音、10 個基本母音、雙子音與雙母音結合組成的文字。目前韓文組合而成的文字約有 11,170 字，我們使用的文字主要約占其中的 30%。本書的構成以實際生活中經常使用的韓語為基礎內容，並以以下幾點為研發中心。

- ・以韓文的子音與母音為基礎，組成基本學習內容。
- ・提示韓文的筆畫順序，奠定正確書寫韓文的紮實基礎。
- ・為了讓讀者透過反覆書寫練習的過程自然學會韓文字母，設計了許多書寫版面。
- ・以韓國日常生活中經常使用的字或單詞為中心編寫而成。
- ・減少使用頻率較低的內容，僅收錄讀者一定要會的基礎內容。

　　學習語言也是學習文化，且能成為擴展思考的契機。由於本書為韓文學習之基礎教材，若仔細了解內容，除了韓文以外，同時也能充分了解韓國的文化精神。

作者 權容璿

目次

韓語40音表

ㄱ g.k	ㄴ n	ㄷ t.d	ㄹ r.l	ㅁ m
ㅂ b.p	ㅅ s	ㅇ [X]	ㅈ j.ch	ㅋ k
ㅌ t	ㅍ p	ㅊ ch	ㅎ h	ㄲ kk
ㄸ tt	ㅃ pp	ㅆ ss	ㅉ jj	ㅏ a
ㅓ eo	ㅗ o	ㅜ u	ㅡ eu	ㅣ i
ㅔ e	ㅐ ae	ㅑ ya	ㅕ yeo	ㅛ yo
ㅠ yu	ㅖ ye	ㅒ yae	ㅚ oe	ㅘ wa
ㅙ wae	ㅟ wi	ㅝ wo	ㅞ we	ㅢ ui

★韓語是由子音和母音組成，共有19個子音和21個母音。

★子音中有14個基本子音和5個雙子音。

★母音中有10個基本母音，其餘的11個母音是由基本母音變化、組合而成。

第一章

子音

子音

月　日

001

讀 子音

ㄱ	ㄴ	ㄷ	ㄹ	ㅁ
기역(Giyeok)	니은(Nieun)	디귿(Digeut)	리을(Rieul)	미음(Mieum)
ㅂ	ㅅ	ㅇ	ㅈ	ㅊ
비읍(Bieup)	시옷(Siot)	이응(Ieung)	지읒(Jieut)	치읓(Chieut)
ㅋ	ㅌ	ㅍ	ㅎ	
키읔(Kieuk)	티읕(Tieut)	피읖(Pieup)	히읗(Hieut)	

寫 子音

ㄱ	ㄴ	ㄷ	ㄹ	ㅁ
기역(Giyeok)	니은(Nieun)	디귿(Digeut)	리을(Rieul)	미음(Mieum)
ㅂ	ㅅ	ㅇ	ㅈ	ㅊ
비읍(Bieup)	시옷(Siot)	이응(Ieung)	지읒(Jieut)	치읓(Chieut)
ㅋ	ㅌ	ㅍ	ㅎ	
키읔(Kieuk)	티읕(Tieut)	피읖(Pieup)	히읗(Hieut)	

月　日

熟悉 子音

🎧 001

請依照筆畫順序書寫下列子音。

子音	名稱	筆畫順序	英文標記	寫
ㄱ	기역	ㄱ	Giyeok	ㄱ
ㄴ	니은	ㄴ	Nieun	ㄴ
ㄷ	디귿	ㄷ	Digeut	ㄷ
ㄹ	리을	ㄹ	Rieul	ㄹ
ㅁ	미음	ㅁ	Mieum	ㅁ
ㅂ	비읍	ㅂ	Bieup	ㅂ
ㅅ	시옷	ㅅ	Siot	ㅅ
ㅇ	이응	ㅇ	Ieung	ㅇ
ㅈ	지읒	ㅈ	Jieut	ㅈ
ㅊ	치읓	ㅊ	Chieut	ㅊ
ㅋ	키읔	ㅋ	Kieuk	ㅋ
ㅌ	티읕	ㅌ	Tieut	ㅌ
ㅍ	피읖	ㅍ	Pieup	ㅍ
ㅎ	히읗	ㅎ	Hieut	ㅎ

第二章

母音

讀 母音

ㅏ	ㅑ	ㅓ	ㅕ	ㅗ
아(A)	야(Ya)	어(Eo)	여(Yeo)	오(O)
ㅛ	ㅜ	ㅠ	ㅡ	ㅣ
요(Yo)	우(U)	유(Yu)	으(Eu)	이(I)

寫 母音

ㅏ	ㅑ	ㅓ	ㅕ	ㅗ
아(A)	야(Ya)	어(Eo)	여(Yeo)	오(O)
ㅛ	ㅜ	ㅠ	ㅡ	ㅣ
요(Yo)	우(U)	유(Yu)	으(Eu)	이(I)

02 母音

熟悉 母音

請依照筆畫順序書寫下列母音。

子音	名稱	筆畫順序	英文標記	寫				
ㅏ	아	ㅏ	A	ㅏ				
ㅑ	야	ㅑ	Ya	ㅑ				
ㅓ	어	ㅓ	Eo	ㅓ				
ㅕ	여	ㅕ	Yeo	ㅕ				
ㅗ	오	ㅗ	O	ㅗ				
ㅛ	요	ㅛ	Yo	ㅛ				
ㅜ	우	ㅜ	U	ㅜ				
ㅠ	유	ㅠ	Yu	ㅠ				
ㅡ	으	ㅡ	Eu	ㅡ				
ㅣ	이	ㅣ	I	ㅣ				

第三章

雙子音與雙母音

雙子音

月　日

讀 雙子音

ㄲ	ㄸ	ㅃ	ㅆ	ㅉ
쌍기역 (Ssanggiyeok)	쌍디귿 (Ssangdigeut)	쌍비읍 (Ssangbieup)	쌍시옷 (Ssangsiot)	쌍지읒 (Ssangjieut)

寫 雙子音

ㄲ	ㄸ	ㅃ	ㅆ	ㅉ
쌍기역 (Ssanggiyeok)	쌍디귿 (Ssangdigeut)	쌍비읍 (Ssangbieup)	쌍시옷 (Ssangsiot)	쌍지읒 (Ssangjieut)

熟悉 雙子音

請依照筆畫順序正確書寫下列雙子音。

子音	名稱	筆畫順序	英文標記	寫						
ㄲ	쌍기역	ㄲ	Ssanggiyeok	ㄲ						
ㄸ	쌍디귿	ㄸ	Ssangdigeut	ㄸ						
ㅃ	쌍비읍	ㅃ	Ssangbieup	ㅃ						
ㅆ	쌍시옷	ㅆ	Ssangsiot	ㅆ						
ㅉ	쌍지읒	ㅉ	Ssangjieut	ㅉ						

雙母音

月　日

讀 雙母音

ㅐ	ㅔ	ㅒ	ㅖ	ㅘ
애(Ae)	에(E)	얘(Yae)	예(Ye)	와(Wa)
ㅙ	ㅚ	ㅝ	ㅞ	ㅟ
왜(Wae)	외(Oe)	워(Wo)	웨(We)	위(Wi)
ㅢ				
의(Ui)				

寫 雙母音

애(Ae)	에(E)	얘(Yae)	예(Ye)	와(Wa)
왜(Wae)	외(Oe)	워(Wo)	웨(We)	위(Wi)
의(Ui)				

02 雙母音

月　日

 熟悉 **雙母音**

請依照筆畫順序正確書寫下列雙母音。

子音	名稱	筆畫順序	英文標記	寫				
ㅐ	애		Ae	ㅐ				
ㅔ	에		E	ㅔ				
ㅒ	애		Yae	ㅒ				
ㅖ	예		Ye	ㅖ				
ㅘ	와		Wa	ㅘ				
ㅙ	왜		Wae	ㅙ				
ㅚ	외		Oe	ㅚ				
ㅝ	워		Wo	ㅝ				
ㅞ	웨		We	ㅞ				
ㅟ	위		Wi	ㅟ				
ㅢ	의		Ui	ㅢ				

第四章

音節表

005

讀 子音＋母音（ㅏ）

가	나	다	라	마
Ga	Na	Da	Ra	Ma
바	사	아	자	차
Ba	Sa	A	Ja	Cha
카	타	파	하	
Ka	Ta	Pa	Ha	

寫 子音＋母音（ㅏ）

가	나	다	라	마
Ga	Na	Da	Ra	Ma
바	사	아	자	차
Ba	Sa	A	Ja	Cha
카	타	파	하	
Ka	Ta	Pa	Ha	

01 子音＋母音（ㅏ）

月　　日

三 熟悉 子音＋母音（ㅏ）

請依照筆畫順序正確書寫下列子音＋母音（ㅏ）。

子音＋母音(ㅏ)	字	筆畫順序	英文標記	寫
ㄱ＋ㅏ	가	가	Ga	가
ㄴ＋ㅏ	나	나	Na	나
ㄷ＋ㅏ	다	다	Da	다
ㄹ＋ㅏ	라	라	Ra	라
ㅁ＋ㅏ	마	마	Ma	마
ㅂ＋ㅏ	바	바	Ba	바
ㅅ＋ㅏ	사	사	Sa	사
ㅇ＋ㅏ	아	아	A	아
ㅈ＋ㅏ	자	자	Ja	자
ㅊ＋ㅏ	차	차	Cha	차
ㅋ＋ㅏ	카	카	Ka	카
ㅌ＋ㅏ	타	타	Ta	타
ㅍ＋ㅏ	파	파	Pa	파
ㅎ＋ㅏ	하	하	Ha	하

子音＋母音（ㅓ）

月　　日

讀 子音＋母音（ㅓ）

거	너	더	러	머
Geo	Neo	Deo	Reo	Meo
버	서	어	저	처
Beo	Seo	Eo	Jeo	Cheo
커	터	퍼	허	
Keo	Teo	Peo	Heo	

寫 子音＋母音（ㅓ）

거	너	더	러	머
Geo	Neo	Deo	Reo	Meo
버	서	어	저	처
Beo	Seo	Eo	Jeo	Cheo
커	터	퍼	허	
Keo	Teo	Peo	Heo	

子音＋母音（ㅓ）

月　　日

熟悉 子音＋母音（ㅓ）

請依照筆畫順序正確書寫下列子音＋母音（ㅓ）。

子音＋母音(ㅓ)	字	筆畫順序	英文標記	寫			
ㄱ＋ㅓ	거	거	Geo	거			
ㄴ＋ㅓ	너	너	Neo	너			
ㄷ＋ㅓ	더	더	Deo	더			
ㄹ＋ㅓ	러	러	Reo	러			
ㅁ＋ㅓ	머	머	Meo	머			
ㅂ＋ㅓ	버	버	Beo	버			
ㅅ＋ㅓ	서	서	Seo	서			
ㅇ＋ㅓ	어	어	Eo	어			
ㅈ＋ㅓ	저	저	Jeo	저			
ㅊ＋ㅓ	처	처	Cheo	처			
ㅋ＋ㅓ	커	커	Keo	커			
ㅌ＋ㅓ	터	터	Teo	터			
ㅍ＋ㅓ	퍼	퍼	Peo	퍼			
ㅎ＋ㅓ	허	허	Heo	허			

讀 子音＋母音（ㅗ）

고	노	도	로	모
Go	No	Do	Ro	Mo
보	소	오	조	초
Bo	So	O	Jo	Cho
코	토	포	호	
Ko	To	Po	Ho	

寫 子音＋母音（ㅗ）

고	노	도	로	모
Go	No	Do	Ro	Mo
보	소	오	조	초
Bo	So	O	Jo	Cho
코	토	포	호	
Ko	To	Po	Ho	

03 子音＋母音（ㅗ）

月　　日

熟悉 子音＋母音（ㅗ）

請依照筆畫順序正確書寫下列子音＋母音（ㅗ）。

子音＋母音(ㅗ)	字	筆畫順序	英文標記	寫			
ㄱ＋ㅗ	고	고	Go	고			
ㄴ＋ㅗ	노	노	No	노			
ㄷ＋ㅗ	도	도	Do	도			
ㄹ＋ㅗ	로	로	Ro	로			
ㅁ＋ㅗ	모	모	Mo	모			
ㅂ＋ㅗ	보	보	Bo	보			
ㅅ＋ㅗ	소	소	So	소			
ㅇ＋ㅗ	오	오	O	오			
ㅈ＋ㅗ	조	조	Jo	조			
ㅊ＋ㅗ	초	초	Cho	초			
ㅋ＋ㅗ	코	코	Ko	코			
ㅌ＋ㅗ	토	토	To	토			
ㅍ＋ㅗ	포	포	Po	포			
ㅎ＋ㅗ	호	호	Ho	호			

04 子音＋母音（ㅜ）

月　日

008

讀 子音＋母音（ㅜ）

구	누	두	루	무
Gu	Nu	Du	Ru	Mu
부	수	우	주	추
Bu	Su	U	Ju	Chu
쿠	투	푸	후	
Ku	Tu	Pu	Hu	

寫 子音＋母音（ㅜ）

구	누	두	루	무
Gu	Nu	Du	Ru	Mu
부	수	우	주	추
Bu	Su	U	Ju	Chu
쿠	투	푸	후	
Ku	Tu	Pu	Hu	

04 子音＋母音（ㅜ）

月　　日

熟悉 子音＋母音（ㅜ）

請依照筆畫順序正確書寫下列子音＋母音（ㅜ）。

子音＋母音(ㅜ)	字	筆畫順序	英文標記	寫				
ㄱ＋ㅜ	구	구	Gu	구				
ㄴ＋ㅜ	누	누	Nu	누				
ㄷ＋ㅜ	두	두	Du	두				
ㄹ＋ㅜ	루	루	Ru	루				
ㅁ＋ㅜ	무	무	Mu	무				
ㅂ＋ㅜ	부	부	Bu	부				
ㅅ＋ㅜ	수	수	Su	수				
ㅇ＋ㅜ	우	우	U	우				
ㅈ＋ㅜ	주	주	Ju	주				
ㅊ＋ㅜ	추	추	Chu	추				
ㅋ＋ㅜ	쿠	쿠	Ku	쿠				
ㅌ＋ㅜ	투	투	Tu	투				
ㅍ＋ㅜ	푸	푸	Pu	푸				
ㅎ＋ㅜ	후	후	Hu	후				

05 子音＋母音（一）

讀 子音＋母音（一）

ㄱ	ㄴ	ㄷ	ㄹ	ㅁ
Geu	Neu	Deu	Reu	Meu
ㅂ	ㅅ	ㅇ	ㅈ	ㅊ
Beu	Seu	Eu	Jeu	Cheu
ㅋ	ㅌ	ㅍ	ㅎ	
Keu	Teu	Peu	Heu	

寫 子音＋母音（一）

ㄱ	ㄴ	ㄷ	ㄹ	ㅁ
Geu	Neu	Deu	Reu	Meu
ㅂ	ㅅ	ㅇ	ㅈ	ㅊ
Beu	Seu	Eu	Jeu	Cheu
ㅋ	ㅌ	ㅍ	ㅎ	
Keu	Teu	Peu	Heu	

05 子音＋母音（一）

熟悉 子音＋母音（一）

請依照筆畫順序正確書寫下列子音＋母音（一）。

子音＋母音(一)	字	筆畫順序	英文標記	寫				
ㄱ＋ㅡ	그	그	Geu	그				
ㄴ＋ㅡ	느	느	Neu	느				
ㄷ＋ㅡ	드	드	Deu	드				
ㄹ＋ㅡ	르	르	Reu	르				
ㅁ＋ㅡ	므	므	Meu	므				
ㅂ＋ㅡ	브	브	Beu	브				
ㅅ＋ㅡ	스	스	Seu	스				
ㅇ＋ㅡ	으	으	Eu	으				
ㅈ＋ㅡ	즈	즈	Jeu	즈				
ㅊ＋ㅡ	츠	츠	Cheu	츠				
ㅋ＋ㅡ	크	크	Keu	크				
ㅌ＋ㅡ	트	트	Teu	트				
ㅍ＋ㅡ	프	프	Peu	프				
ㅎ＋ㅡ	흐	흐	Heu	흐				

06 子音＋母音（ㅑ）

月　　日

讀 子音＋母音（ㅑ）

갸	냐	댜	랴	먀
Gya	Nya	Dya	Rya	Mya
뱌	샤	야	쟈	챠
Bya	Sya	Ya	Jya	Chya
캬	탸	퍄	햐	
Kya	Tya	Pya	Hya	

寫 子音＋母音（ㅑ）

갸	냐	댜	랴	먀
Gya	Nya	Dya	Rya	Mya
뱌	샤	야	쟈	챠
Bya	Sya	Ya	Jya	Chya
캬	탸	퍄	햐	
Kya	Tya	Pya	Hya	

子音＋母音（ㅑ）

二 熟悉 子音＋母音（ㅑ）

請依照筆畫順序正確書寫下列子音＋母音（ㅑ）。

子音＋母音(ㅑ)	字	筆畫順序	英文標記	寫
ㄱ＋ㅑ	갸	갸	Gya	갸
ㄴ＋ㅑ	냐	냐	Nya	냐
ㄷ＋ㅑ	댜	댜	Dya	댜
ㄹ＋ㅑ	랴	랴	Rya	랴
ㅁ＋ㅑ	먀	먀	Mya	먀
ㅂ＋ㅑ	뱌	뱌	Bya	뱌
ㅅ＋ㅑ	샤	샤	Sya	샤
ㅇ＋ㅑ	야	야	Ya	야
ㅈ＋ㅑ	쟈	쟈	Jya	쟈
ㅊ＋ㅑ	챠	챠	Chya	챠
ㅋ＋ㅑ	캬	캬	Kya	캬
ㅌ＋ㅑ	탸	탸	Tya	탸
ㅍ＋ㅑ	퍄	퍄	Pya	퍄
ㅎ＋ㅑ	햐	햐	Hya	햐

月　日

讀 子音＋母音（ㅕ）

겨	녀	뎌	려	며
Gyeo	Nyeo	Dyeo	Ryeo	Myeo
벼	셔	여	져	쳐
Byeo	Syeo	Yeo	Jyeo	Chyeo
켜	텨	펴	혀	
Kyeo	Tyeo	Pyeo	Hyeo	

寫 子音＋母音（ㅕ）

겨	녀	뎌	려	며
Gyeo	Nyeo	Dyeo	Ryeo	Myeo
벼	셔	여	져	쳐
Byeo	Syeo	Yeo	Jyeo	Chyeo
켜	텨	펴	혀	
Kyeo	Tyeo	Pyeo	Hyeo	

30

07 子音＋母音（ㅕ）

月　　日

熟悉 子音＋母音（ㅕ）

請依照筆畫順序正確書寫下列子音＋母音（ㅕ）。

子音＋母音(ㅕ)	字	筆畫順序	英文標記	寫				
ㄱ＋ㅕ	겨	겨	Gyeo	겨				
ㄴ＋ㅕ	녀	녀	Nyeo	녀				
ㄷ＋ㅕ	뎌	뎌	Dyeo	뎌				
ㄹ＋ㅕ	려	려	Ryeo	려				
ㅁ＋ㅕ	며	며	Myeo	며				
ㅂ＋ㅕ	벼	벼	Byeo	벼				
ㅅ＋ㅕ	셔	셔	Syeo	셔				
ㅇ＋ㅕ	여	여	Yeo	여				
ㅈ＋ㅕ	져	져	Jyeo	져				
ㅊ＋ㅕ	쳐	쳐	Chyeo	쳐				
ㅋ＋ㅕ	켜	켜	Kyeo	켜				
ㅌ＋ㅕ	텨	텨	Tyeo	텨				
ㅍ＋ㅕ	펴	펴	Pyeo	펴				
ㅎ＋ㅕ	혀	혀	Hyeo	혀				

子音＋母音（ㅛ）

讀 子音＋母音（ㅛ）

교	뇨	됴	료	묘
Gyo	Nyo	Dyo	Ryo	Myo
뵤	쇼	요	죠	쵸
Byo	Syo	Yo	Jyo	Chyo
쿄	툐	표	효	
Kyo	Tyo	Pyo	Hyo	

寫 子音＋母音（ㅛ）

교	뇨	됴	료	묘
Gyo	Nyo	Dyo	Ryo	Myo
뵤	쇼	요	죠	쵸
Byo	Syo	Yo	Jyo	Chyo
쿄	툐	표	효	
Kyo	Tyo	Pyo	Hyo	

08 子音＋母音（ㅛ）

月　　日

熟悉 子音＋母音（ㅛ）

請依照筆畫順序正確書寫下列子音＋母音（ㅛ）。

子音＋母音(ㅛ)	字	筆畫順序	英文標記	寫
ㄱ＋ㅛ	교		Gyo	교
ㄴ＋ㅛ	뇨		Nyo	뇨
ㄷ＋ㅛ	됴		Dyo	됴
ㄹ＋ㅛ	료		Ryo	료
ㅁ＋ㅛ	묘		Myo	묘
ㅂ＋ㅛ	뵤		Byo	뵤
ㅅ＋ㅛ	쇼		Syo	쇼
ㅇ＋ㅛ	요		Yo	요
ㅈ＋ㅛ	죠		Jyo	죠
ㅊ＋ㅛ	쵸		Chyo	쵸
ㅋ＋ㅛ	쿄		Kyo	쿄
ㅌ＋ㅛ	툐		Tyo	툐
ㅍ＋ㅛ	표		Pyo	표
ㅎ＋ㅛ	효		Hyo	효

09 子音＋母音（ㅠ）

月　　日

讀 子音＋母音（ㅠ）

규	뉴	듀	류	뮤
Gyu	Nyu	Dyu	Ryu	Myu
뷰	슈	유	쥬	츄
Byu	Syu	Yu	Jyu	Chyu
큐	튜	퓨	휴	
Kyu	Tyu	Pyu	Hyu	

寫 子音＋母音（ㅠ）

규	뉴	듀	류	뮤
Gyu	Nyu	Dyu	Ryu	Myu
뷰	슈	유	쥬	츄
Byu	Syu	Yu	Jyu	Chyu
큐	튜	퓨	휴	
Kyu	Tyu	Pyu	Hyu	

09 子音＋母音（ㅠ）

月　日

熟悉 子音＋母音（ㅠ）

請依照筆畫順序正確書寫下列子音＋母音（ㅠ）。

子音＋母音(ㅠ)	字	筆畫順序	英文標記	寫
ㄱ＋ㅠ	규		Gyu	규
ㄴ＋ㅠ	뉴		Nyu	뉴
ㄷ＋ㅠ	듀		Dyu	듀
ㄹ＋ㅠ	류		Ryu	류
ㅁ＋ㅠ	뮤		Myu	뮤
ㅂ＋ㅠ	뷰		Byu	뷰
ㅅ＋ㅠ	슈		Syu	슈
ㅇ＋ㅠ	유		Yu	유
ㅈ＋ㅠ	쥬		Jyu	쥬
ㅊ＋ㅠ	츄		Chyu	츄
ㅋ＋ㅠ	큐		Kyu	큐
ㅌ＋ㅠ	튜		Tyu	튜
ㅍ＋ㅠ	퓨		Pyu	퓨
ㅎ＋ㅠ	휴		Hyu	휴

子音＋母音（ㅣ）

讀 子音＋母音（ㅣ）

기	니	디	리	미
Gi	Ni	Di	Ri	Mi
비	시	이	지	치
Bi	Si	I	Ji	Chi
키	티	피	히	
Ki	Ti	Pi	Hi	

寫 子音＋母音（ㅣ）

기	니	디	리	미
Gi	Ni	Di	Ri	Mi
비	시	이	지	치
Bi	Si	I	Ji	Chi
키	티	피	히	
Ki	Ti	Pi	Hi	

子音＋母音（ㅣ）

月 日

三 熟悉 子音＋母音（ㅣ）

 014

請依照筆畫順序正確書寫下列子音＋母音（ㅣ）。

子音＋母音(ㅣ)	字	筆畫順序	英文標記	寫					
ㄱ＋ㅣ	기	기	Gi	기					
ㄴ＋ㅣ	니	니	Ni	니					
ㄷ＋ㅣ	디	디	Di	디					
ㄹ＋ㅣ	리	리	Ri	리					
ㅁ＋ㅣ	미	미	Mi	미					
ㅂ＋ㅣ	비	비	Bi	비					
ㅅ＋ㅣ	시	시	Si	시					
ㅇ＋ㅣ	이	이	I	이					
ㅈ＋ㅣ	지	지	Ji	지					
ㅊ＋ㅣ	치	치	Chi	치					
ㅋ＋ㅣ	키	키	Ki	키					
ㅌ＋ㅣ	티	티	Ti	티					
ㅍ＋ㅣ	피	피	Pi	피					
ㅎ＋ㅣ	히	히	Hi	히					

第五章

子音與
雙母音

子音＋雙母音（ㅐ）

請依照筆畫順序正確書寫下列子音＋雙母音（ㅐ）。

子音＋雙母音(ㅐ)	字	英文標記	寫				
ㄱ＋ㅐ	개	Gae	개				
ㄴ＋ㅐ	내	Nae	내				
ㄷ＋ㅐ	대	Dae	대				
ㄹ＋ㅐ	래	Rae	래				
ㅁ＋ㅐ	매	Mae	매				
ㅂ＋ㅐ	배	Bae	배				
ㅅ＋ㅐ	새	Sae	새				
ㅇ＋ㅐ	애	Ae	애				
ㅈ＋ㅐ	재	Jae	재				
ㅊ＋ㅐ	채	Chae	채				
ㅋ＋ㅐ	캐	Kae	캐				
ㅌ＋ㅐ	태	Tae	태				
ㅍ＋ㅐ	패	Pae	패				
ㅎ＋ㅐ	해	Hae	해				

月　　日

子音＋雙母音（ㅔ）

請依照筆畫順序正確書寫下列子音＋雙母音（ㅔ）。

子音＋雙母音(ㅔ)	字	英文標記	寫				
ㄱ＋ㅔ	게	Ge	게				
ㄴ＋ㅔ	네	Ne	네				
ㄷ＋ㅔ	데	De	데				
ㄹ＋ㅔ	레	Re	레				
ㅁ＋ㅔ	메	Me	메				
ㅂ＋ㅔ	베	Be	베				
ㅅ＋ㅔ	세	Se	세				
ㅇ＋ㅔ	에	E	에				
ㅈ＋ㅔ	제	Je	제				
ㅊ＋ㅔ	체	Che	체				
ㅋ＋ㅔ	케	Ke	케				
ㅌ＋ㅔ	테	Te	테				
ㅍ＋ㅔ	페	Pe	페				
ㅎ＋ㅔ	헤	He	헤				

月　　日

子音＋雙母音（ㅖ）

017

請依照筆畫順序正確書寫下列子音＋雙母音（ㅖ）。

子音＋雙母音(ㅖ)	字	英文標記	寫			
ㄱ＋ㅖ	계	Gye	계			
ㄴ＋ㅖ	녜	Nye	녜			
ㄷ＋ㅖ	뎨	Dye	뎨			
ㄹ＋ㅖ	례	Rye	례			
ㅁ＋ㅖ	몌	Mye	몌			
ㅂ＋ㅖ	볘	Bye	볘			
ㅅ＋ㅖ	셰	Sye	셰			
ㅇ＋ㅖ	예	Ye	예			
ㅈ＋ㅖ	졔	Jye	졔			
ㅊ＋ㅖ	쳬	Chye	쳬			
ㅋ＋ㅖ	켸	Kye	켸			
ㅌ＋ㅖ	톄	Tye	톄			
ㅍ＋ㅖ	폐	Pye	폐			
ㅎ＋ㅖ	혜	Hye	혜			

04 子音＋雙母音（ㅘ）

月　　日

子音＋雙母音（ㅘ）

請依照筆畫順序正確書寫下列子音＋雙母音（ㅘ）。

子音＋雙母音(ㅘ)	字	英文標記	寫					
ㄱ＋ㅘ	과	Gwa	과					
ㄴ＋ㅘ	놔	Nwa	놔					
ㄷ＋ㅘ	돠	Dwa	돠					
ㄹ＋ㅘ	롸	Rwa	롸					
ㅁ＋ㅘ	뫄	Mwa	뫄					
ㅂ＋ㅘ	봐	Bwa	봐					
ㅅ＋ㅘ	솨	Swa	솨					
ㅇ＋ㅘ	와	Wa	와					
ㅈ＋ㅘ	좌	Jwa	좌					
ㅊ＋ㅘ	촤	Chwa	촤					
ㅋ＋ㅘ	콰	Kwa	콰					
ㅌ＋ㅘ	톼	Twa	톼					
ㅍ＋ㅘ	퐈	Pwa	퐈					
ㅎ＋ㅘ	화	Hwa	화					

05 子音＋雙母音（ㅙ）

月　　日

子音＋雙母音（ㅙ）

請依照筆畫順序正確書寫下列子音＋雙母音（ㅙ）。

子音＋雙母音(ㅙ)	字	英文標記	寫				
ㄱ＋ㅙ	괘	Gwae	괘				
ㄴ＋ㅙ	놰	Nwae	놰				
ㄷ＋ㅙ	돼	Dwae	돼				
ㄹ＋ㅙ	뢔	Rwae	뢔				
ㅁ＋ㅙ	뫠	Mwae	뫠				
ㅂ＋ㅙ	봬	Bwae	봬				
ㅅ＋ㅙ	쇄	Swae	쇄				
ㅇ＋ㅙ	왜	Wae	왜				
ㅈ＋ㅙ	좨	Jwae	좨				
ㅊ＋ㅙ	쵀	Chwae	쵀				
ㅋ＋ㅙ	쾌	Kwae	쾌				
ㅌ＋ㅙ	퇘	Twae	퇘				
ㅍ＋ㅙ	퐤	Pwae	퐤				
ㅎ＋ㅙ	홰	Hwae	홰				

06 子音＋雙母音（ㅚ）

子音＋雙母音（ㅚ）

請依照筆畫順序正確書寫下列子音＋雙母音（ㅚ）。

子音＋雙母音(ㅚ)	字	英文標記	寫				
ㄱ＋ㅚ	괴	Goe	괴				
ㄴ＋ㅚ	뇌	Noe	뇌				
ㄷ＋ㅚ	되	Doe	되				
ㄹ＋ㅚ	뢰	Roe	뢰				
ㅁ＋ㅚ	뫼	Moe	뫼				
ㅂ＋ㅚ	뵈	Boe	뵈				
ㅅ＋ㅚ	쇠	Soe	쇠				
ㅇ＋ㅚ	외	Oe	외				
ㅈ＋ㅚ	죄	Joe	죄				
ㅊ＋ㅚ	최	Choe	최				
ㅋ＋ㅚ	쾨	Koe	쾨				
ㅌ＋ㅚ	퇴	Toe	퇴				
ㅍ＋ㅚ	푀	Poe	푀				
ㅎ＋ㅚ	회	Hoe	회				

子音＋雙母音（ㅝ）

月　　日

子音＋雙母音（ㅝ）

請依照筆畫順序正確書寫下列子音＋雙母音（ㅝ）。

子音＋雙母音(ㅝ)	字	英文標記	寫						
ㄱ＋ㅝ	궈	Gwo	궈						
ㄴ＋ㅝ	눠	Nwo	눠						
ㄷ＋ㅝ	둬	Dwo	둬						
ㄹ＋ㅝ	뤄	Rwo	뤄						
ㅁ＋ㅝ	뭐	Mwo	뭐						
ㅂ＋ㅝ	붜	Bwo	붜						
ㅅ＋ㅝ	숴	Swo	숴						
ㅇ＋ㅝ	워	Wo	워						
ㅈ＋ㅝ	줘	Jwo	줘						
ㅊ＋ㅝ	춰	Chwo	춰						
ㅋ＋ㅝ	쿼	Kwo	쿼						
ㅌ＋ㅝ	퉈	Two	퉈						
ㅍ＋ㅝ	풔	Pwo	풔						
ㅎ＋ㅝ	훠	Hwo	훠						

08 子音＋雙母音（ㅟ）

子音＋雙母音（ㅟ）

請依照筆畫順序正確書寫下列子音＋雙母音（ㅟ）。

子音＋雙母音(ㅟ)	字	英文標記	寫				
ㄱ＋ㅟ	귀	Gwi	귀				
ㄴ＋ㅟ	뉘	Nwi	뉘				
ㄷ＋ㅟ	뒤	Dwi	뒤				
ㄹ＋ㅟ	뤼	Rwi	뤼				
ㅁ＋ㅟ	뮈	Mwi	뮈				
ㅂ＋ㅟ	뷔	Bwi	뷔				
ㅅ＋ㅟ	쉬	Swi	쉬				
ㅇ＋ㅟ	위	Wi	위				
ㅈ＋ㅟ	쥐	Jwi	쥐				
ㅊ＋ㅟ	취	Chwi	취				
ㅋ＋ㅟ	퀴	Kwi	퀴				
ㅌ＋ㅟ	튀	Twi	튀				
ㅍ＋ㅟ	퓌	Pwi	퓌				
ㅎ＋ㅟ	휘	Hwi	휘				

子音＋雙母音（ㅢ）

月　　日

子音＋雙母音（ㅢ）

請依照筆畫順序正確書寫下列子音＋雙母音（ㅢ）。

子音＋雙母音(ㅢ)	字	英文標記	寫				
ㄱ＋ㅢ	긔	Gui	긔				
ㄴ＋ㅢ	늬	Nui	늬				
ㄷ＋ㅢ	듸	Dui	듸				
ㄹ＋ㅢ	릐	Rui	릐				
ㅁ＋ㅢ	믜	Mui	믜				
ㅂ＋ㅢ	븨	Bui	븨				
ㅅ＋ㅢ	싀	Sui	싀				
ㅇ＋ㅢ	의	Ui	의				
ㅈ＋ㅢ	즤	Jui	즤				
ㅊ＋ㅢ	츼	Chui	츼				
ㅋ＋ㅢ	킈	Kui	킈				
ㅌ＋ㅢ	틔	Tui	틔				
ㅍ＋ㅢ	픠	Pui	픠				
ㅎ＋ㅢ	희	Hui	희				

＊並非所有子音遇到雙母音「ㅢ」都能正確發聲，當遇到發音有困難的字時，韓國人會將「ㅢ」唸為「이」。以「씌우다」為例，發音時因為發音上的困難不會唸成「씌우다」，而是唸成 [씨우다]。

10 終聲有ㄱ（기역）的字

月　　日

終聲ㄱ（기역）

🎧024

請依照筆畫順序正確書寫下列加入終聲ㄱ（기역）的字。

終聲ㄱ(기역)	字	英文標記	寫					
가+ㄱ	각	Gak	각					
나+ㄱ	낙	Nak	낙					
다+ㄱ	닥	Dak	닥					
라+ㄱ	락	Rak	락					
마+ㄱ	막	Mak	막					
바+ㄱ	박	Bak	박					
사+ㄱ	삭	Sak	삭					
아+ㄱ	악	Ak	악					
자+ㄱ	작	Jak	작					
차+ㄱ	착	Chak	착					
카+ㄱ	칵	Kak	칵					
타+ㄱ	탁	Tak	탁					
파+ㄱ	팍	Pak	팍					
하+ㄱ	학	Hak	학					

終聲ㄴ（니은）

請依照筆畫順序正確書寫下列加入終聲ㄴ（니은）的字。

終聲ㄴ（니은）	字	英文標記	寫				
가＋ㄴ	간	Gan	간				
나＋ㄴ	난	Nan	난				
다＋ㄴ	단	Dan	단				
라＋ㄴ	란	Ran	란				
마＋ㄴ	만	Man	만				
바＋ㄴ	반	Ban	반				
사＋ㄴ	산	San	산				
아＋ㄴ	안	An	안				
자＋ㄴ	잔	Jan	잔				
차＋ㄴ	찬	Chan	찬				
카＋ㄴ	칸	Kan	칸				
타＋ㄴ	탄	Tan	탄				
파＋ㄴ	판	Pan	판				
하＋ㄴ	한	Han	한				

12 終聲有 ㄷ（디귿）的字

月 日

終聲 ㄷ（디귿）

請依照筆畫順序正確書寫下列加入終聲ㄷ（디귿）的字。

終聲 ㄷ（디귿）	字	英文標記	寫				
가+ㄷ	갇	Gat	갇				
나+ㄷ	낟	Nat	낟				
다+ㄷ	닫	Dat	닫				
라+ㄷ	랃	Rat	랃				
마+ㄷ	맏	Mat	맏				
바+ㄷ	받	Bat	받				
사+ㄷ	삳	Sat	삳				
아+ㄷ	앋	At	앋				
자+ㄷ	잗	Jat	잗				
차+ㄷ	찯	Chat	찯				
카+ㄷ	칻	Kat	칻				
타+ㄷ	탇	Tat	탇				
파+ㄷ	팓	Pat	팓				
하+ㄷ	핟	Hat	핟				

13 終聲有ㄹ（리을）的字

終聲ㄹ（리을）

請依照筆畫順序正確書寫下列加入終聲ㄹ（리을）的字。

終聲ㄹ（리을）	字	英文標記	寫				
가＋ㄹ	갈	Gal	갈				
나＋ㄹ	날	Nal	날				
다＋ㄹ	달	Dal	달				
라＋ㄹ	랄	Ral	랄				
마＋ㄹ	말	Mal	말				
바＋ㄹ	발	Bal	발				
사＋ㄹ	살	Sal	살				
아＋ㄹ	알	Al	알				
자＋ㄹ	잘	Jal	잘				
차＋ㄹ	찰	Chal	찰				
카＋ㄹ	칼	Kal	칼				
타＋ㄹ	탈	Tal	탈				
파＋ㄹ	팔	Pal	팔				
하＋ㄹ	할	Hal	할				

14 終聲有ㅁ（미음）的字

終聲ㅁ（미음）

請依照筆畫順序正確書寫下列加入終聲ㅁ（미음）的字。

終聲ㅁ（미음）	字	英文標記	寫					
가+ㅁ	감	Gam	감					
나+ㅁ	남	Nam	남					
다+ㅁ	담	Dam	담					
라+ㅁ	람	Ram	람					
마+ㅁ	맘	Mam	맘					
바+ㅁ	밤	Bam	밤					
사+ㅁ	삼	Sam	삼					
아+ㅁ	암	Am	암					
자+ㅁ	잠	Jam	잠					
차+ㅁ	참	Cham	참					
카+ㅁ	캄	Kam	캄					
타+ㅁ	탐	Tam	탐					
파+ㅁ	팜	Pam	팜					
하+ㅁ	함	Ham	함					

15

終聲有ㅂ（비읍）的字

月　　日

終聲ㅂ（비읍）

請依照筆畫順序正確書寫下列加入終聲ㅂ（비읍）的字。

終聲ㅂ（비읍）	字	英文標記	寫				
가＋ㅂ	갑	Gap	갑				
나＋ㅂ	납	Nap	납				
다＋ㅂ	답	Dap	답				
라＋ㅂ	랍	Rap	랍				
마＋ㅂ	맙	Map	맙				
바＋ㅂ	밥	Bap	밥				
사＋ㅂ	삽	Sap	삽				
아＋ㅂ	압	Ap	압				
자＋ㅂ	잡	Jap	잡				
차＋ㅂ	찹	Chap	찹				
카＋ㅂ	캅	Kap	캅				
타＋ㅂ	탑	Tap	탑				
파＋ㅂ	팝	Pap	팝				
하＋ㅂ	합	Hap	합				

16 終聲有ㅅ（시옷）的字

月　　日

終聲ㅅ（시옷）

請依照筆畫順序正確書寫下列加入終聲ㅅ（시옷）的字。

終聲ㅅ（시옷）	字	英文標記	寫
가＋ㅅ	갓	Gat	갓
나＋ㅅ	낫	Nat	낫
다＋ㅅ	닷	Dat	닷
라＋ㅅ	랏	Rat	랏
마＋ㅅ	맛	Mat	맛
바＋ㅅ	밧	Bat	밧
사＋ㅅ	삿	Sat	삿
아＋ㅅ	앗	At	앗
자＋ㅅ	잣	Jat	잣
차＋ㅅ	찻	Chat	찻
카＋ㅅ	캇	Kat	캇
타＋ㅅ	탓	Tat	탓
파＋ㅅ	팟	Pat	팟
하＋ㅅ	핫	Hat	핫

17 終聲有ㅇ（이응）的字

終聲ㅇ（이응）

請依照筆畫順序正確書寫下列加入終聲ㅇ（이응）的字。

終聲ㅇ（이응）	字	英文標記	寫				
가+ㅇ	강	Gang	강				
나+ㅇ	낭	Nang	낭				
다+ㅇ	당	Dang	당				
라+ㅇ	랑	Rang	랑				
마+ㅇ	망	Mang	망				
바+ㅇ	방	Bang	방				
사+ㅇ	상	Sang	상				
아+ㅇ	앙	Ang	앙				
자+ㅇ	장	Jang	장				
차+ㅇ	창	Chang	창				
카+ㅇ	캉	Kang	캉				
타+ㅇ	탕	Tang	탕				
파+ㅇ	팡	Pang	팡				
하+ㅇ	항	Hang	항				

18 終聲有ㅈ（지읒）的字

終聲ㅈ（지읒）

032

請依照筆畫順序正確書寫下列加入終聲ㅈ（지읒）的字。

終聲ㅈ（지읒）	字	英文標記	寫				
가＋ㅈ	갖	Gat	갖				
나＋ㅈ	낮	Nat	낮				
다＋ㅈ	닺	Dat	닺				
라＋ㅈ	랒	Rat	랒				
마＋ㅈ	맞	Mat	맞				
바＋ㅈ	밪	Bat	밪				
사＋ㅈ	샂	Sat	샂				
아＋ㅈ	앚	At	앚				
자＋ㅈ	잦	Jat	잦				
차＋ㅈ	찾	Chat	찾				
카＋ㅈ	캊	Kat	캊				
타＋ㅈ	탖	Tat	탖				
파＋ㅈ	팣	Pat	팣				
하＋ㅈ	핮	Hat	핮				

月　日

終聲 ㅊ（치읓）

請依照筆畫順序正確書寫下列加入終聲 ㅊ（치읓）的字。

終聲 ㅊ（치읓）	字	英文標記	寫				
가 + ㅊ	갗	Gat	갗				
나 + ㅊ	낯	Nat	낯				
다 + ㅊ	닻	Dat	닻				
라 + ㅊ	랒	Rat	랒				
마 + ㅊ	맞	Mat	맞				
바 + ㅊ	밫	Bat	밫				
사 + ㅊ	샃	Sat	샃				
아 + ㅊ	앚	At	앚				
자 + ㅊ	잦	Jat	잦				
차 + ㅊ	찾	Chat	찾				
카 + ㅊ	캋	Kat	캋				
타 + ㅊ	탖	Tat	탖				
파 + ㅊ	팣	Pat	팣				
하 + ㅊ	핮	Hat	핮				

20 終聲有ㅋ（키읔）的字

三　終聲ㅋ（키읔）

🎧034

請依照筆畫順序正確書寫下列加入終聲ㅋ（키읔）的字。

終聲ㅋ（키읔）	字	英文標記	寫				
가＋ㅋ	각	Gak	각				
나＋ㅋ	낙	Nak	낙				
다＋ㅋ	닥	Dak	닥				
라＋ㅋ	락	Rak	락				
마＋ㅋ	막	Mak	막				
바＋ㅋ	박	Bak	박				
사＋ㅋ	삭	Sak	삭				
아＋ㅋ	악	Ak	악				
자＋ㅋ	작	Jak	작				
차＋ㅋ	착	Chak	착				
카＋ㅋ	칵	Kak	칵				
타＋ㅋ	탁	Tak	탁				
파＋ㅋ	팍	Pak	팍				
하＋ㅋ	학	Hak	학				

終聲 ㅌ（티읕）

（035）

請依照筆畫順序正確書寫下列加入終聲 ㅌ（티읕）的字。

終聲 ㅌ（티읕）	字	英文標記	寫					
가+ㅌ	같	Gat	같					
나+ㅌ	낱	Nat	낱					
다+ㅌ	닽	Dat	닽					
라+ㅌ	랕	Rat	랕					
마+ㅌ	맡	Mat	맡					
바+ㅌ	밭	Bat	밭					
사+ㅌ	샅	Sat	샅					
아+ㅌ	앝	At	앝					
자+ㅌ	잩	Jat	잩					
차+ㅌ	챁	Chat	챁					
카+ㅌ	캍	Kat	캍					
타+ㅌ	탙	Tat	탙					
파+ㅌ	팥	Pat	팥					
하+ㅌ	핱	Hat	핱					

22 終聲有ㅍ（피읖）的字

終聲ㅍ（피읖）

🎧036

請依照筆畫順序正確書寫下列加入終聲ㅍ（피읖）的字。

終聲ㅍ（피읖）	字	英文標記	寫					
가＋ㅍ	갚	Gap	갚					
나＋ㅍ	낲	Nap	낲					
다＋ㅍ	닾	Dap	닾					
라＋ㅍ	랖	Rap	랖					
마＋ㅍ	맢	Map	맢					
바＋ㅍ	밮	Bap	밮					
사＋ㅍ	샆	Sap	샆					
아＋ㅍ	앞	Ap	앞					
자＋ㅍ	잪	Jap	잪					
차＋ㅍ	챂	Chap	챂					
카＋ㅍ	캎	Kap	캎					
타＋ㅍ	탚	Tap	탚					
파＋ㅍ	팦	Pap	팦					
하＋ㅍ	핲	Hap	핲					

月　　日

終聲ㅎ（히읗）

請依照筆畫順序正確書寫下列加入終聲ㅎ（히읗）的字。

終聲ㅎ（히읗）	字	英文標記	寫					
가＋ㅎ	갛	Gat	갛					
나＋ㅎ	낳	Nat	낳					
다＋ㅎ	닿	Dat	닿					
라＋ㅎ	랗	Rat	랗					
마＋ㅎ	맣	Mat	맣					
바＋ㅎ	밯	Bat	밯					
사＋ㅎ	샇	Sat	샇					
아＋ㅎ	앟	At	앟					
자＋ㅎ	잫	Jat	잫					
차＋ㅎ	챃	Chat	챃					
카＋ㅎ	캏	Kat	캏					
타＋ㅎ	탛	Tat	탛					
파＋ㅎ	팧	Pat	팧					
하＋ㅎ	핳	Hat	핳					

第六章

主題單字

■ 請依照筆畫順序正確書寫下列單字。

🎧038

蘋果

사	과					

梨子

배						

香蕉

바	나	나				

草莓

딸	기					

番茄

토	마	토				

 01 **水果**

月　日

■ 請依照筆畫順序正確書寫下列單字。

西瓜

수	박					

水蜜桃

복	숭	아				

柳橙

오	렌	지				

橘子

귤						

奇異果

키	위					

水果

■ 請依照筆畫順序正確書寫下列單字。

참	외					

香瓜

파	인	애	플			

鳳梨

레	몬					

檸檬

감						

柿子

포	도					

葡萄

■ 請依照筆畫順序正確書寫下列單字。

타	조					

駝鳥

호	랑	이				

老虎

사	슴					

鹿

고	양	이				

貓

여	우					

狐狸

02 動物

■ 請依照筆畫順序正確書寫下列單字。

042

獅子
사 자

大象
코 끼 리

豬
돼 지

狗
강 아 지

兔子
토 끼

動物

月　日

■ 請依照筆畫順序正確書寫下列單字。

기	린				
곰					
원	숭	이			
너	구	리			
거	북	이			

長頸鹿

熊

猴子

貍貓

烏龜

03 蔬菜

月　日

■ 請依照筆畫順序正確書寫下列單字。

白菜

胡蘿蔔

大蒜

菠菜

水芹菜

배	주				
당	근				
마	늘				
시	금	치			
미	나	리			

蔬菜

■ 請依照筆畫順序正確書寫下列單字。

白蘿蔔

무						

生菜

상	추					

洋蔥

양	파					

韭菜

부	추					

馬鈴薯

감	자					

蔬菜

小黃瓜

蔥

茄子

辣椒

高麗菜

오	이					
파						
가	지					
고	추					
양	배	주				

04 職業

月　　日

■ 請依照筆畫順序正確書寫下列單字。

警察

경	찰	관				

소방관

소	방	관				

消防員

요	리	사				

廚師

환	경	미	화	원		

清潔工

화	가					

畫家

04 職業

月　日

■ 請依照筆畫順序正確書寫下列單字。

048

護士

간	호	사				

公司職員

회	사	원				

美髮師

미	용	사				

歌手

가	수					

小說家

소	설	가				

04 職業

月　日

■ 請依照筆畫順序正確書寫下列單字。

의	사				
선	생	님			
주	부				
운	동	선	수		
우	편	집	배	원	

醫師

老師

家庭主婦

運動選手

郵差

■ 請依照筆畫順序正確書寫下列單字。

김	치	찌	개			

泡菜鍋

미	역	국				

海帶湯

김	치	볶	음	밥		

泡菜炒飯

돈	가	스				

炸豬排

국	수					

湯麵

■ 請依照筆畫順序正確書寫下列單字。

된	장	찌	개			
불	고	기				
김	밥					
라	면					
떡						

大醬湯

烤肉

紫菜飯捲

泡麵

年糕

■ 請依照筆畫順序正確書寫下列單字。

순	두	부	찌	개			
비	빔	밥					
만	두						
피	자						
케	이	크					

嫩豆腐鍋

拌飯

餃子

披薩

蛋糕

月　日

■ 請依照筆畫順序正確書寫下列單字。

앞						
뒤						
위						
아	래					
오	른	쪽				

前

後

上

下

右

位置

月　日

■ 請依照筆畫順序正確書寫下列單字。

왼	쪽				
	옆				
	안				
	밖				
	밑				

左

旁邊

內

外

底

06 位置

月　　日

■ 請依照筆畫順序正確書寫下列單字。

사	이					

之間

동	쪽					

東

서	쪽					

西

남	쪽					

南

북	쪽					

北

交通工具

月　日

■ 請依照筆畫順序正確書寫下列單字。

056

버	스						

巴士

비	행	기					

飛機

배							

船

오	도	바	이				

摩托車

소	방	차					

消防車

07 交通工具

月　　日

■ 請依照筆畫順序正確書寫下列單字。

자	동	차					

汽車

| 지 | 하 | 철 | | | | | |

地鐵

| 기 | 차 | | | | | | |

火車

| 헬 | 리 | 콥 | 터 | | | | |

直升機

| 포 | 클 | 레 | 인 | | | | |

挖土機／怪手

交通工具

■ 請依照筆畫順序正確書寫下列單字。

 058

計程車

택	시						

腳踏車

자	전	거					

卡車

트	럭						

救護車

구	급	차					

熱氣球

기	구						

■ 請依照筆畫順序正確書寫下列單字。

집						
학	교					
백	화	점				
우	체	국				
약	국					

家

學校

百貨公司

郵局

藥局

■ 請依照筆畫順序正確書寫下列單字。

시	장				
식	당				
슈	퍼	마	켓		
서	점				
공	원				

市場

餐廳

超市

書店

公園

月　日

■ 請依照筆畫順序正確書寫下列單字。

061

은	행						

銀行

병	원						

醫院

문	구	점					

文具店

미	용	실					

美容院

극	장						

劇院

■ 請依照筆畫順序正確書寫下列單字。

봄						
여	름					
가	을					
겨	울					
맑	다					

春

夏

秋

冬

晴朗

■ 請依照筆畫順序正確書寫下列單字。

흐	리	다			

陰天

바	람	이		분	다

颱風

비	가		온	다	

下雨

비	가		그	친	다

雨停

눈	이		온	다	

下雪

季節、天氣

月　日

■ 請依照筆畫順序正確書寫下列單字。

구	름	이		낀	다		

多雲

덥	다						

熱

춥	다						

冷

따	뜻	하	다				

溫暖

시	원	하	다				

涼爽

家中物品

■ 請依照筆畫順序正確書寫下列單字。

소	파					
욕	조					
거	울					
샤	워	기				
변	기					

沙發

浴缸

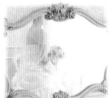

鏡子

蓮蓬頭

馬桶

月　日

■ 請依照筆畫順序正確書寫下列單字。

싱	크	대				

洗碗槽

부	엌					

廚房

거	실					

客廳

안	방					

臥室

옷	장					

衣櫃

10

家中物品

月　　日

■ 請依照筆畫順序正確書寫下列單字。

067

梳妝台	화	장	대				
餐桌	식	탁					
書櫃	책	장					
小房間	작	은	방				
床	침	대					

11 家庭稱謂

月　日

■ 請依照筆畫順序正確書寫下列單字。

할	머	니					

奶奶

할	아	버	지				

爺爺

아	버	지					

父親

어	머	니					

母親

오	빠						

哥哥（女性稱呼）

94・

11

家庭稱謂

■ 請依照筆畫順序正確書寫下列單字。

형					

哥哥（男性稱呼）

나					

我

남	동	생			

弟弟

여	동	생			

妹妹

언	니				

姊姊（女性稱呼）

11 家庭稱謂

月　日

■ 請依照筆畫順序正確書寫下列單字。

姊姊（男性稱呼）

누나

叔叔

삼촌

姑姑

고모

阿姨

이모

姨丈

이모부

96

12 學習用品

月　　日

■ 請依照筆畫順序正確書寫下列單字。

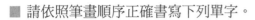

筆記本

素描本

彩色鉛筆

剪刀

膠水、口紅膠

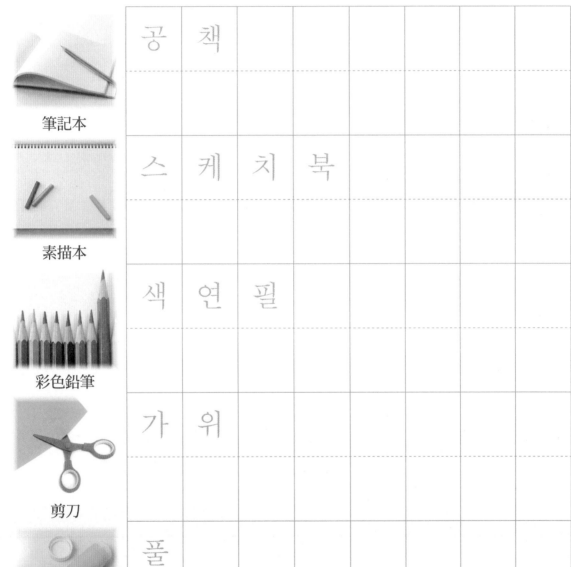

공	책			
스	케	치	북	
색	연	필		
가	위			
풀				

學習用品

■ 請依照筆畫順序正確書寫下列單字。

日記本

일	기	장			

鉛筆

연	필				

美工刀

칼					

顏料

물	감				

尺

자					

學習用品

月　日

■ 請依照筆畫順序正確書寫下列單字。

073

色紙

색	종	이				

簽字筆

사	인	펜				

蠟筆

크	레	파	스			

毛筆

붓						

橡皮擦

지	우	개				

月　日

■ 請依照筆畫順序正確書寫下列單字。

 074

장	미				

玫瑰

진	달	래			

杜鵑

민	들	레			

蒲公英

나	팔	꽃			

牽牛花

맨	드	라	미		

雞冠花

13 花

月　日

■ 請依照筆畫順序正確書寫下列單字。

개	나	리		
벚	꽃			
채	송	화		
국	화			
무	궁	화		

野百合

櫻花

半支蓮

菊花

無窮花

■ 請依照筆畫順序正確書寫下列單字。

鬱金香

튤	립				

鳳仙花

봉	숭	아			

向日葵

해	바	라	기		

康乃馨

카	네	이	션		

大波斯菊

코	스	모	스		

國家名稱

月　日

077

■ 請依照筆畫順序正確書寫下列單字。

한 국						
필 리 핀						
일 본						
캄 보 디 아						
아 프 가 니 스 탄						

韓國

菲律賓

日本

柬埔寨

阿富汗

14 國家名稱

■ 請依照筆畫順序正確書寫下列單字。

중	국					
태	국					
베	트	남				
인	도					
영	국					

中國

泰國

越南

印度

英國

國家名稱

月　日

■ 請依照筆畫順序正確書寫下列單字。

美國	미	국				
蒙古	몽	골				
烏茲別克	우	즈	베	키	스	탄
俄羅斯	러	시	아			
加拿大	캐	나	다			

樂器

月　日

■ 請依照筆畫順序正確書寫下列單字。

기	타				

吉他

북					

鼓

트	라	이	앵	글	

三角鐵

하	모	니	카		

口琴

징					

鑼

15 樂器

■ 請依照筆畫順序正確書寫下列單字。

鋼琴

| 피 | 아 | 노 | | | |
| | | | | | |

鈴鼓

| 탬 | 버 | 린 | | | |
| | | | | | |

喇叭

| 나 | 팔 | | | | |
| | | | | | |

長鼓

| 장 | 구 | | | | |
| | | | | | |

手鼓

| 소 | 고 | | | | |
| | | | | | |

月　日

■ 請依照筆畫順序正確書寫下列單字。

082

피	리					

笛子

실	로	폰				

木琴

바	이	올	린			

小提琴

꽹	과	리				

小鑼

가	야	금				

伽倻琴

16 服裝

月　　日

■ 請依照筆畫順序正確書寫下列單字。

🎧083

T恤

티	셔	츠			

褲子

바	지				

夾克

점	퍼				

正式服裝

정	장				

白襯衫

와	이	셔	츠		

月　日

■ 請依照筆畫順序正確書寫下列單字。

 084

短褲

반	바	지				

大衣

코	트					

校服

교	복					

雪紡襯衫

블	라	우	스			

牛仔褲

청	바	지				

服裝

月　日

085

■ 請依照筆畫順序正確書寫下列單字。

양	복					
작	업	복				
스	웨	터				
치	마					
한	복					

西裝

工作服

毛衣

裙子

韓服

月　日

■ 請依照筆畫順序正確書寫下列單字。

빨	간	색				
주	황	색				
초	록	색				
노	란	색				
파	란	색				

紅色

橘色

草綠色

黃色

藍色

17 顏色

■ 請依照筆畫順序正確書寫下列單字。

🎧087

보	라	색				

紫色

분	홍	색				

粉紅色

하	늘	색				

天空藍

갈	색					

褐色

검	은	색				

黑色

■ 請依照筆畫順序正確書寫下列單字。

요	리						

烹飪

노	래						

歌曲

등	산						

登山

영	화	감	상				

電影欣賞

낚	시						

釣魚

18 興趣

月　日

■ 請依照筆畫順序正確書寫下列單字。

音樂欣賞

음	악	감	상			

遊戲

게	임					

兜風

드	라	이	브			

旅行

여	행					

閱讀

독	서					

興趣

■ 請依照筆畫順序正確書寫下列單字。

쇼	핑					

購物

운	동					

運動

수	영					

游泳

사	진	촬	영			

攝影

악	기	연	주			

演奏樂器

■ 請依照筆畫順序正確書寫下列單字。

091

야	구					

棒球

배	구					

排球

축	구					

足球

탁	구					

桌球

농	구					

籃球

運動

月　　日

■ 請依照筆畫順序正確書寫下列單字。

 092

골	프					

高爾夫

스	키					

滑雪

수	영					

游泳

권	투					

拳擊

씨	름					

摔角

■ 請依照筆畫順序正確書寫下列單字。

093

테	니	스		

網球

레	슬	링		

（西式）摔角

태	권	도		

跆拳道

배	드	민	턴	

羽毛球

스	케	이	트	

滑冰

094

■ 請依照筆畫順序正確書寫下列單字。

가	다					

去、走

오	다					

來

먹	다					

吃

사	다					

買

읽	다					

讀

動作用語1

月　　日

■ 請依照筆畫順序正確書寫下列單字。

씻	다					

洗

자	다					

睡

보	다					

看

일	하	다				

工作

만	나	다				

見面

■ 請依照筆畫順序正確書寫下列單字。

마	시	다			

喝

빨	래	하	다		

洗衣服

청	소	하	다		

打掃

요	리	하	다		

烹飪

공	부	하	다		

讀書

21 動作用語2

月　日

■ 請依照筆畫順序正確書寫下列單字。

🎧 097

踢球

공	을		차	다	

刷牙

이	를		닦	다	

洗澡

목	욕	을		하	다

洗臉

세	수	를		하	다

爬山

등	산	을		하	다

21 動作用語2

月　　日

■ 請依照筆畫順序正確書寫下列單字。

머	리	를		감	다		

洗頭

영	화	를		보	다		

看電影

공	원	에		가	다		

去公園

여	행	을		하	다		

旅行

산	책	을		하	다		

散步

動作用語2

月　日

099

■ 請依照筆畫順序正確書寫下列單字。

游泳

수	영	을		하	다	

購物

쇼	핑	을		하	다	

拍照

사	진	을		찍	다	

淋浴

샤	워	를		하	다	

聊天

이	야	기	를		하	다

22 動作用語3

月　　日

■ 請依照筆畫順序正確書寫下列單字。

玩	놀 다
睡	자 다
休息	쉬 다
寫	쓰 다
聽	듣 다

動作用語3

月　　日

■ 請依照筆畫順序正確書寫下列單字。

닫	다						

關（門）

켜	다						

開

서	다						

站

앉	다						

坐

끄	다						

關（燈）

動作用語3

102

■ 請依照筆畫順序正確書寫下列單字。

열 다					

打開

나 오 다					

出來

배 우 다					

學習

들 어 가 다					

進去

가 르 치 다					

教

■ 請依照筆畫順序正確書寫下列單字。 103

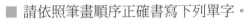

부	르	다				
달	리	다				
기	다					
날	다					
긁	다					

呼喚

奔跑

爬

跳躍

撓、抓

■ 請依照筆畫順序正確書寫下列單字。

찍	다						
벌	리	다					
키	우	다					
갈	다						
닦	다						

拍（照）

張開、劈開

養育

更換

擦拭

23 量詞

月　日

■ 請依照筆畫順序正確書寫下列單字。

개					
대					
척					
송	이				
그	루				

個

台（車）

艘

朵

棵、株

量詞

月　　日

■ 請依照筆畫順序正確書寫下列單字。

🎧106

상	자					
봉	지					
장						
병						
자	루					

箱

包、袋

張

瓶

支、把

月　　日

107

■ 請依照筆畫順序正確書寫下列單字。

벌					
켤	레				
권					
마	리				
잔					

套

雙

本

隻

杯

23 量詞

月　　日

■ 請依照筆畫順序正確書寫下列單字。

🎧108

채						
명						
통						
가	마					
첩						

棟

名

桶

袋

帖

修飾用語(1)

月　日

■ 請依照筆畫順序正確書寫下列單字。

많	다				
적	다				
크	다				
작	다				
비	싸	다			

多

少

大

小

貴

■ 請依照筆畫順序正確書寫下列單字。

便宜	싸	다				
長	길	다				
短	짧	다				
快	빠	르	다			
慢	느	리	다			

修飾用語(1)

■ 請依照筆畫順序正確書寫下列單字。

굵 다	
粗	
가 늘 다	
細	
밝 다	
亮	
어 둡 다	
暗	
좋 다	
好	

修飾用語(2)

■ 請依照筆畫順序正確書寫下列單字。

맵	다				
시	다				
가	볍	다			
좁	다				
따	뜻	하	다		

辣

酸

輕

窄

溫暖

25 修飾用語(2)

月　　日

■ 請依照筆畫順序正確書寫下列單字。

짜	다				
쓰	다				
무	겁	다			
깊	다				
차	갑	다			

鹹

苦

重

深

冷、涼

25 修飾用語(2)

月　　日

■ 請依照筆畫順序正確書寫下列單字。

달	다						
싱	겁	다					
넓	다						
얕	다						
귀	엽	다					

甜

淡

寬

淺

可愛

26 表達心情

月　日

■ 請依照筆畫順序正確書寫下列單字。

115

기	쁘	다			

高興

슬	프	다			

悲傷

화	나	다			

生氣

놀	라	다			

驚訝

곤	란	하	다		

困難

■ 請依照筆畫順序正確書寫下列單字。

궁	금	하	다				

好奇

지	루	하	다				

厭倦

부	끄	럽	다				

害羞

피	곤	하	다				

疲倦

신	나	다					

興奮

27 敬語

月　　日

■ 請依照筆畫順序正確書寫下列單字。

117

家→府上

飯→餐、膳

病→清恙

話→「話」的敬語

年紀→貴庚、
芳齡、高壽

집							
댁							
밥							
진	지						
병							
병	환						
말							
말	씀						
나	이						
연	세						

27 敬語

月　日

■ 請依照筆畫順序正確書寫下列單字。

118

생	일				
생	신				
있	다				
계	시	다			
먹	다				
드	시	다			
자	다				
주	무	시	다		
주	다				
드	리	다			

生日→壽辰

在→「在」的敬語

吃→用

睡覺→就寢

給→呈、獻

同音字(1)

■ 請依照筆畫順序正確書寫下列單字。

눈				
발				
밤				
차				
비				

眼睛　　　　雪

腳　　　　窗簾

夜晚　　　　栗子

車　　　　茶

雨　　　　掃帚

■ 請依照筆畫順序正確書寫下列單字。

馬	話

말

懲罰	蜜蜂

벌

桌子	獎

상

牡蠣	隧道

굴

船	肚子

배

28 同音字(1)

■ 請依照筆畫順序正確書寫下列單字。

橋	腿	다	리			
幼崽	草繩	새	끼			
石頭	周歲	돌				
病	瓶	병				
風	希望	바	람			

29 同音字(2)

月　日

■ 請依照筆畫順序正確書寫下列單字。

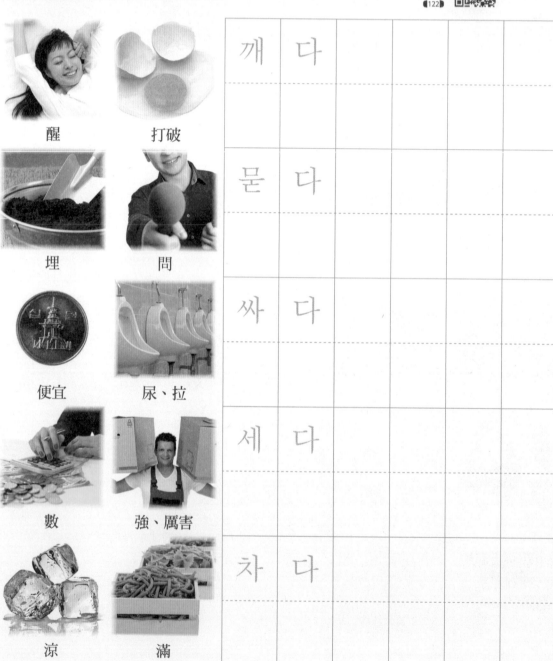

醒	打破
埋	問
便宜	尿、拉
數	強、厲害
涼	滿

깨	다			
묻	다			
싸	다			
세	다			
차	다			

同音字(2)

■ 請依照筆畫順序正確書寫下列單字。

RIGHT		맛	다				
正確	被打、挨打						
取得	聞	맡	다				
寫	苦	쓰	다				

30 擬聲詞

月　日

■ 請依照筆畫順序正確書寫下列單字。

吼

嚄嚄

喵

咯咯

呱呱

어	흥				
꿀	꿀				
야	옹				
꼬	꼬	댁			
꽥	꽥				

30 **擬聲詞**

月　日

■ 請依照筆畫順序正確書寫下列單字。

붕					
매	앰				
부	르	릉			
딩	동				
빠	빠				

嗡

唧唧

轆轆

叮咚

叭叭

台灣廣廈 國際出版集團
Taiwan Mansion International Group

國家圖書館出版品預行編目（CIP）資料

我的第一本韓語40音習字帖 / 權容璿著.
-- 初版. -- 新北市：國際學村，2017.08
　　面；　公分.
　ISBN 978-986-454-025-9
　1.韓語　2.發音

803.24　　　　　　　　　105009045

國際學村

我的第一本韓語40音習字帖

作　　　者／權容璿　　　編輯中心編輯長／伍峻宏・編輯／邱麗儒
　　　　　　　　　　　　　封面設計／何偉凱・內頁排版／菩薩蠻數位文化有限公司
　　　　　　　　　　　　　製版・印刷・裝訂／東豪・弼聖・明和

行企研發中心總監／陳冠蒨　　　線上學習中心總監／陳冠蒨
媒體公關組／陳柔彣　　　　　　數位營運組／顏佑婷
綜合業務組／何欣穎　　　　　　企製開發組／江季珊

發 行 人／江媛珍
法 律 顧 問／第一國際法律事務所 余淑杏律師・北辰著作權事務所 蕭雄淋律師
出　　　版／國際學村
發　　　行／台灣廣廈有聲圖書有限公司
　　　　　　　地址：新北市235中和區中山路二段359巷7號2樓
　　　　　　　電話：（886）2-2225-5777・傳真：（886）2-2225-8052
讀者服務信箱／cs@booknews.com.tw

代理印務・全球總經銷／知遠文化事業有限公司
　　　　　　　地址：新北市222深坑區北深路三段155巷25號5樓
　　　　　　　電話：（886）2-2664-8800・傳真：（886）2-2664-8801
郵 政 劃 撥／劃撥帳號：18836722
　　　　　　　劃撥戶名：知遠文化事業有限公司（※單次購書金額未滿1000元需另付郵資70元。）

■出版日期：2017年08月初版1刷　　ISBN：978-986-454-025-9
　　　　　　2023年10月6刷　　　　版權所有，未經同意不得重製、轉載、翻印。